Galsan Tschinag
Wolkenhunde

[illegible]

Galsan Tschinag

●

Wolkenhunde

●

Gedichte

●

Bodoni Druck 46

●

Waldgut

Galsan Tschinags Handschrift
in Mongolisch auf Seite 2 ist das Gedicht
«Schlaf, Mütterchen, schlaf»

Gestaltung und Handpressendruck
Atelier Bodoni Frauenfeld
Satz aus der Aster-Antiqua
vom Typorama St.Gallen

ISBN 3 7294 0269 4

Verlag Im Waldgut
Industriestraße 21
CH-8500 Frauenfeld

Inhalt

●

Meine Jurte pocht in der Steppe
Die meine andere große Jurte ist
Der Rauchfaden
Der in der kleinen gedreht
Hin durch die große steigt
Und sich in die Wolken schraubt
Ist meine Nabelschnur

Bin das gemeinsame Werk
Des Vaters Himmel und der Mutter Erde
Habe mich am unruhigen Nomadenherd
Für drei Pferdeleben eingerichtet

Und werde zu einer fernen Stunde
Hinüberwandern zu den
Steinen, Gräsern und Kranichen
Um auf dem großen Kreisfluss
Abermals herüberzuschwimmen
Auf die wartende, wachende Schwelle
Meiner großen und kleinen Jurte

●

Schräg liegt
Der Sonnenstrahl
Auf dem Gletscher

Der Sturm biegt ihn
Und bewirft mich
Während ich dem zuschaue
Mit Eisnadeln

Den Wolkenfetzen im Auge
Der gegen den Strahl fliegt
Zieh ich mich zusammen

In all meine Poren
Bricht der Winter ein

Der Wind der Graugänse
Die in der Frühe hier
Vorüberrauschten
War noch warm
Vom Rauch deiner Jurte
Der Sommerweide meiner Träume
Einen Winter lang

Im Vogelwind wohnte
Einem lichten Schatten aus der Höhe
Erlöschender Sterne gleich
Der verhaltene Seufzer
Des Tieres in dir

●

Die Gräser stehen still
Umgeben von der Einsamkeit
Und horchen

Die Horizonte wachsen
Wanken und weichen ab
Von den Fängen der Linien

Die Steppe fließt aus und
Schiebt die Berge
Gegen alle Winde

Die in der Ferne irren

●

Blau und blauer
Wehen die Lüfte
Hoch über uns

Dort ist der Himmel
Der dir und mir zugeschaut
Und es uns zugelassen
Als wir uns
An zwei Welten vergingen
Um eine zu erschaffen

Wir fürchten
Rückfällig zu werden
Wisse
Tiefer noch als uns selber
Werden wir ihn
In Schande ziehen

Tschtschenien

Tschtschenien heißt in meiner Sprache
Der Weise
Keiner muss mit mir etwas teilen
Um zu wissen
Der Größere hat es nicht gern
Wenn der Kleine weise ist

Ein Kind aus Samuschki hat
Häuser gemalt, die sind
Panzer und deren Fenster
Brennende, tränende Augen
Die Passanten tragen
Anstatt Arme Kanonenstummel
Die aufeinander zielen
Dort, wo die Finger sein sollten
Brodeln Qualmfäuste
Aus denen lösen sich gleich
Kugeln und
Suchen sich
Die brennenden Häuser
Und deren erblindete Fenster

Der Fremde wird nicht abziehen
Das weiß ich
Auch bei mir zu Hause steht er
Schon hundert Jahre und wird hier wie dort
Bleiben und sterben
Dies weiß ich
Da ich der letzte Dichter eines Volkes bin
Das kämpfend vergehen wird

●

Etwas muss auf dieser Erde
Geschehen sein
Es bersten und ziehen ab in grauen Batzen
Die Wolken
Die sich tage- und nächtelang über der Steppe
Getürmt
Und Dellen auf mein wintermüdes Zelt
Gedrückt

Vielleicht hat sich ein Knoten gelöst
Am großen Zelt mit den Dachstreben
Aus Sonnen-, Mond- und Windstrahlen

Oder du warst es, die einen hellen Gedanken
Auf den Weg geschickt oder aus dem Versteck
Den Traum gelockt, der
Lang erwartet
Erst gestern Nacht bei mir ankam
Und den ich, in Hoffnung gehüllt
Weiterreichte an den werdenden Tag

Dein Brief kommt
Im hohen Bogen geflogen
Und trifft mich
Inmitten meines geregelten Lebens

Schreckhaft falte ich
Das Blatt Papier zusammen und suche
Es in einen Umschlag zu sperren
Zu spät aber

Die Worte sind Schüsse gewesen
Haben Breschen in mich geschlagen
Die wirksamen Geschosse
Liegen bereits
Im Hinterhof meiner Burg

●

Zur Stunde meiner Gärung
Wurde ich
Hinausgeschleudert als Brise
In die weite Welt
Wehe nun
Zum Wind gewachsen
Von Höhe zu Höhe
Ziele längst
Auf den Gipfel
Von dem ich mich
Erheben werde
Als Sturm

●

Wenn du von mir gehst
Werde ich zu einem Stein
Am Nordhang des Lebensberges

Dem Zeitstaub ausgesetzt
Werde ich mich
In die Erde verkriechen

Träume aus Vorzeiten
Bunte Flechten werden
Mich überwachsen

●

Bin die Dauerbremse
Auf den Gleisen
Die dich mir entführen

Deine Landschaften
Nun einmal von mir betreten
Liegen da
Schwer begehbar für andere

Selbst die Bäche
Die an dir herabrinnen
Führen meine Wellen

Unentrinnbar sitzt du
In dem Netz
Das du mit mir
Im Wahnfieber gesponnen

●

Über Nacht ist der Wald
Verstummt
Der Ahorn schwebt im Nebel und
Zerrinnt
Am grauen Rand der klammen Wiese
Weiß ich
Den Ausgang des Traums
Der mich tausend Nächte lang
Besessen
Heute werde ich ihn
Zusammen mit dem eignen Blut
Aus mir herausreißen
In den Tag ohne Abend, ohne Nacht
Hineinstoßen
Und werde dann
An dem Pack ohne Tränen
An dem Land ohne Himmel
Vorbeigleiten
Ein Flüchtender, ein Sieger

Heimweh

Der Wind meiner Steppe
Kommt mir
Hinterhergeschlichen
Mit dem Mond und den Sternen
Die er Nacht für Nacht
Herbeiweht
Die Räume, die ich fülle
Umweht er
Und löscht
Die fremden Abdrücke an mir
Abend für Abend
Strecke ich mich aus
Nach der Mutter Hand
Die mich unverwundbar wäscht

Dein Gesicht

Dein Gesicht
Ist das Buch, in dem
Die anderen uns lesen

Die Haut
Das Laken, auf dem die Jahre
Nachtaus nachtein gelegen

In die herbstlich hellen
Schläfen
Verflüchtet sich die Narbespur
Des diebischen Seitenglücks
Das irgendwann einmal
In uns eingebrochen

Die Lippen
Wölben sich immer noch prall
Gegen den einziehenden Herbst

Die Augen
Bieten mir dar abwechselnd
Deinen Honig und dein Salz

Der Schatten
Der hin und wieder
Auf den Wangenrand fällt
Ist Anklage gegen mich

Und die Röte darüber
Der Freispruch

Dein Gesicht
Ist das Buch, in dem
Die anderen uns lesen
Und weitere Bücher
Über uns erfinden

Der weiße Kegel
Des Weltenberges
Schwebt über der Zeit

Seine Mähne weht herüber
Umflattert mich
Ich stehe hier unten
In Zeitnot

Die Gänsehaut ist
Mein Panzer
Vor dem nahenden Lebenswinter

●

Durchblätternd
Das Familienalbum
Mit den verblichenen Fotos
Erkennst du:

Pilz bist du gewesen
Zum Baum gewachsen
Und nun unterwegs
Zum Fels

Nichts kann dich
Von der Erde lösen
Der du entwachsen
Die Inschriften der Bergsteppe
Schimmern in dir

Unterwegs zum Fels
Ist dein Heimweg

Rabe

Aus Edelholz muss sein
Das Instrument, das der Rabe
Anbläst
Wenn er kommt und geht

Ein Fleck Nacht
Huscht durch den Tag
Verscheucht die Stummheit
Aus den Poren

Und erfüllt die Haut
Mit Schwingungen
Die unmöglich sein können
Vom Tod

November in Hamburg

Das zornige Meer
Ergießt sich
Wie ein Fluch
Der trifft
Über die schiefen
Schwarzen Dächer herab

Das Leben glimmt
Verkrochen
In Festungen

Einsame
Schauen irre
Auf die blinden Augen der Mauer
An der sie
Mäusemutig nagen
Sie verteilen ihre
Von Menschen verschmähte Liebe
An Hunde und Katzen

Lahm und zahm
Liegt draußen
Die Stadtwelt
Pausen- und gnadenlos
Zersägt von Blechkästen
Die ihre verstopften Adern
Aufreißen und
Brausend aneinander
Vorbeigeistern

Ich muss
Alle Feuer in mir
Anzünden
Um diesen
Vorletzten Tag
Auf Erden
Zu überstehen

●

Der Wind, der mich
In den Schlaf geschaukelt
Möge dich wachrütteln
Gern traue ich
Der Strecke von mir zu dir
Die Kraft zu
Die Brise zum Sturm zu schüren

So wünsche ich
Dir die Kühnheit
Dem, was dich auch immer ereilt
Ebenbürtig entgegenzutreten

Einsamkeit

Die Wolkenhunde haben
Abermals verschlungen den Tag
Wie die bange Hoffnung
Das schon säuernde Kreuzstück vom Hammel
Dir endlich vorsetzen zu dürfen

Der Abend überfällt die Jurte
Nächtlich schwarz
Verdichten sich die Schatten
Schwärzer als alle Nächte
Eines Winters zusammen
Die schrägen Augen der Scherengitter
Verziehen sich zu Schlünden
Spucken Zähne, die blecken

Die Leuchte glimmt, zittert und zischt
Es ist der bucklige, schwarze Mann
Der im Docht sitzt und es dem Talg
Nicht zulässt zu brennen
Die Flamme, die flackrige blaue Kappe
Auf dem schief dahinschwindenden Kopf
Droht wegzufliegen

●

Wieder einmal warst du
Die geduldige Erde, auf die
Des Himmels Blitz einschlagen durfte
Saßest stumm und verschreckt
Das kleine Mädchen
Vor dem Schlund
Meines blinden Ausbruchs

In Erwartung des Gegenschlages
Schürte ich in mir schnell die Weißglut
Doch der Schlag blieb aus
Sah dafür ein Häuflein
Aus einem flehenden Augenpaar

Sah es und erfuhr
Dass Küsse kein Schlüssel
Zu einem
In sein Schloss gefallenen Leib

Die Erkenntnis hatte eine Beilage:
An deinem Augenwasser
Stillte ich meinen Durst

So lag ich gegen Ende der Nacht
Nass und trunken da
Nichtwissend, wie und ob je
Herauszulocken die Schmerzen
Die sich in dem verschlossnen Leib
Verschanzt

Und das war der Sieg
Der dir gelungen zur schwarzen Nacht
Zur Talsohle der hohen Stadt
Der Stätte deiner vielfachen Niederlagen

Alte Weise

Hörst du, mein Geschecktes
Was die Elster schnattert
Die Freier
Mit dem Trunk und der Brautgift
Sind unterwegs
Und die Kleine
Mit den großen schwarzen Augen
Wartet
Tschuh, schneller

Schaffst dus, ich komme
Früher als sie an
So werde ich dich heiligen
Und allein der Altaiwind
Wird dich reiten
Und einst wird dein Schädel
Gletscherweiß
Auf einem Gipfel ruhn

Wenn aber nicht
Werde ich dir
Den umsonst bemähnten Hals
Mit den vier untauglichen Füßen
Abschlagen
Und die blutende Schar
Zu dem Haufen Haar und Mist
Den Aasfressern überlassen
So auch die Kleine
Mit den großen schwarzen Augen
Und den Tränen drin
Auf dass der, dem sie unverdient zufliegt
Verrecke
Und ihm das faule, schlaffe
Wie auch das süß-zarte Fleisch
Im Hals, in den Schenkeln
Stecken bliebe

Deine vier schlanken, sehnigen Füße
Mit den flügelgleichen Fesseln
Tragen unser beider Geschick
Fege, fliege
Du Gefährte, du Aas

Wo warst du, Liebes, wo war ich
Zur Stunde der Ankunft der leisen Lichter
In unserer Steppe?

Mir ist, sie haben sich von
Unserem zusammengerückten Feuer
Gelöst und sind uns vorausgeeilt

In einem Geflecht
Mit den wogenden Grashalmen
Wehten sie mir entgegen
Als ich, von dir trunken, dort ankam

Und während sie dann
Mit den flüchtigen Antilopen
An mir vorüberhuschten
Deuteten sie auf einen Flecken Erde

Ich begriff
Die Scheren unserer Jurte
Und die Sohlen unserer Kinder
Werden sie wachtreten

●

Der Mensch, der
In deiner linken Achselhöhle
Nistet

Mit dem du
Höhen knickst und
Weiten aufrollst

Ihm zuliebe du
Den Morgen über den Mittag
Und ein Stündchen noch
In den Abend hinüberträgst

Der Mensch
Dessen Sonne in dir
Auf- und niedergeht

Dessen Fluss
Durch dein Becken zieht
Und die Schlacke wegschwemmt

Der Mensch
Der dir und deinem Herzen
Eine Jurte

In der dich
Der Raureif der Zeit
Taumild bedeckt und
Zum Berg erhebt

Dem Abendhimmel
Der zwischen den Pappeln
Herüberschimmert
Fehlt etwas

Ich denke an den Stern
Der in Tränen flimmert
So oft mir meine Lage
Wieder einmal bewusst

Sieben Sonnenstunden weit weg
Von allem, was mein ist
Ein Sperling, nest- und himmellos
Unter einem Strauch aus Lidern

An meine Begleiter

Wie fasst ihr euch
So klamm an
Ihr Steine, meine Begleiter

Auch ihr seid verweint
Kinder meiner Berge
Gespiele meiner Ahnen

Alle beschauen und
Bewundern uns
Augenweiden
Sind wir ihnen eben

Wer aber will
Begreifen
Freuden und Schmerzen
Uns nehmen

Wer will in euch
Meine Gefährten
Und in mir euren Bruder
Erkennen

Fern ist die Steppe
Eure und meine Mutter, die
Tag für Tag ihre Sonne
Nacht für Nacht ihren Mond
Nach uns aussendet

Der Traum
Den ich aufgescheucht
Hat sich zu euch gesellt
Ich sehe

Sagt ihm
Wir selber sind auch ein Traum

Wir haben unser Licht ausgestrahlt
Und werden zurückkehren
Zum Vater Himmel
Der uns träumt

An meinen Berg

Ein jeder Stein hat
Seinen Sitz
An deinem Körper

Was mach ich nur
Wenn ich einmal
In den Falten
Der Geröllhänge
Keinen Platz mehr finde?

Werde mich wohl
Im Wind auflösen
Und dich umheulen
Mit den hungrigen Wölfen
Und den entlassenen Gräsern
Eines Sommers

Ein Ruf
Erreichte mich
Die Nacht

In Schall eingewickelt
Sehnsucht war er

Das windschiefe Gras
Der Steppe
Wohnte darin

Raschelte und flammte

An meinen Enkel

Willkommen, du schreiendes Bündel
Des Irgit-Stammes
Ströme deinen Milchgeruch in meine Jurte aus
Und richte dich neben deinem Großvater her

Erwartet bist du auf Erden
Die mich seit achtzehntausend Tagen
Insgesamt erträglich beherbergt

Zur Stunde deiner Ankunft
Wird draußen in der Steppe
Auch ein Fohlen angekommen sein
Ross und Reiter mögen
Um die Wette wachsen

In der Holzwiege
Die dir heute zu weit ist
Lagen deine Vorfahren
Und ihnen ist die Welt
So oft zu eng gewesen

Beeil dich, kleiner Stein großer Berge
Dir auferlege ich die Pflicht
Das Nomadengeschlecht fortzusetzen
Indem du mich weiterlebst

Ankunft

Himmel über Deutschland
Bleierner Vorhang
Auf der Schnellflugstraße
Des Nomadenkindes

Himmel ohne Sonne
Mann ohne Schatten

Verständnisvoll
Schauen sie aufeinander
Und wissen
Dritten gegenüber
Zu schweigen

●

Biegsam
Bin ich geworden
Gleich dem Wind
Verwinde Weiten
Besteige Höhen
Umschleiche Ecken
Ziehe
Bergabwärts
Taleinwärts
Gehe durch Öhren
Wehe über Felder
Wo fremder Honig reift

Biegsam
Bin ich geworden
Dem Wind
Einer Herbstdämmerstunde
Gleich und auch
Einsam

●

Was rauscht
Über den Gipfeln
In der Stunde
Des Tages von der Nacht?

Der Wind
Sagt der eine
Der Wald
Meint der andere

Die Zeit ist es
Sie streut Schwefelstaub
Auf die Schienen des Lebens
Mein Blut pulst
Mein Fleisch zuckt

Aus dem flimmernden
Dämmer
Fliegt der Pfeil
Des Uhrzeigers her
Und trifft mich
Unentwegt

Ich bröckle ab
Rausche und verrinne
Sand

●

Der große Weltwind
Wohnt in meinem Altai
Jagt in einer Herde
Pferde umher
Die selber auch Winde

Morgen für Morgen
Splittern sich ihm
Reiter ab
Fegen über Gras und Stein
Und schlitzen die Steppe
An vielen Horizonten

Die Staubfäden ziehen
Windfohlen hinter sich her
Die wiehern und donnern
Und wachsen zu
Gewitterstuten und Sturmhengsten

Berufsalltag

Morgens kehren wir
Auf die Plätze zurück, die uns
In der Lohnhalle des Lebens zustehn
Und verreiben die Zeit
Dass keinem ein Zweifel bleibt
An dem Salz, das an uns frisst

●

Herzförmig muss
Der Abdruck sein, den
Mein Licht auf die Blätter
Des frierenden Gingko-Baumes
Brennt

Die Steppe in mir
Schüttelt den Raureif ab
Noch bevor die Sonne
Aufgeht

Wahnsinn
Heute werde ich
Dich wiedersehen

●

Meine Gedanken an dich
Liegen auf weiß

Im Vorgebirge des Altai hat es
Ellenhoch geschneit
Die Lichter deiner Worte sind
Angekommen und haben mich
Gut abgeschirmt gegen die Nacht
Die du und ich an zwei Enden
Des Landes nun teilen

Was siehst du
Wenn du mich nicht mehr siehst?
Die blauen Flammen des Schnees
Die mich umwehen und in die ich
Meine Gedanken einwickle?

Mir ist, sie kommen
Schneller als schnell, knisternd
Und mit dem süßlichen Geruch
Des modernden Grases an
Bei dir

●

Fahles Licht
Siebt Wind

Leise wandert Sand
Durch den Weltenraum
Landet in Falten und Ritzen
Eines namenlosen Tages

Star und stumm weiß ich
Den Wald hinter vielen Bergen
Auf das Geäst der Bäume
Tröpfelt die Zeit

Irgendwo stiert
Ein Unerfüllter ins Leere
Und spuckt auf den Kies
In dem, erloschen, die Asche
Der Jahrmillionen schläft

Das Leben ist dem Tod
In die Finger gerückt

Vergissmeinnicht

Zittrige, himmelfarbene Kleckse
Kündigen den nahen Sommer an
Hügel über Hügel, aufgefaltet
über alle Horizonte

Von wo Staubschwaden
Dahinfliegender Reiter
Mit den Schmetterlingen der Sonne
Daherschweben und stumm niedergehn
Gleich dem Tau
Dir und mir zu Füßen

Brücke aus Stille
Die sich von mir zu dir spannt
Und auf der wir uns entgegenbewegen
Der Ewigkeit
Die soeben begonnen

Schau hinauf
Zu den Schneeflocken
Die niederschweben

Es sind Heimkehrende

Sie haben diese Erde
Vor dir und mir bewohnt
Sind uns Ahnen, Geschwister
Zeit- und Raumgenossen, dann
Sand, Wind, Sterne gewesen
Haben geruht, geweht, geflackert

So manche haben wir
Vielleicht noch gekannt
Haben mit ihnen
In Eintracht gelebt
Bitter, oft aber, ach
Auch in Zwietracht

Nun sind sie
Zu Wolken geworden
Und kommen als Schnee heim

Lausche in das
Was da raschelt
Es ist Geflüster
Das dir gilt oder mir

Sei leise
Sie sind es auch
Fürchten
Uns zu wecken
Aus dem Traum, der
Leben heißt